LES

JEUNES CROYANCES

JEAN AICARD

LES JEUNES CROYANCES

Aimer, c'est la moitié de croire!
V. Hugo.

PARIS
ALPHONSE LEMERRE, ÉDITEUR
PASSAGE CHOISEUL, 47

M.D.CCC.LXVII

A

MA SOEUR

MADAME J. L.

Je pleurais : tu me fis sourire ;
En te voyant je crus au Bien.
De ton cœur fort mon cœur s'inspire,
Et mon livre est aussi le tien !

J. A.

PARIS, AVRIL 1867.

I

I

VERE NOVO.

Je ne sais pas pourquoi je me crois au printemps ;
J'ai l'esprit travaillé d'un mystérieux rêve :
Je me vois au milieu des arbres, et j'entends
Dans les bourgeons courir le frisson de la séve.

J'ai le cœur et les yeux tout gonflés par les pleurs.
Au fond de moi je sens un frémissement d'aile !...
Comme il doit faire bon marcher parmi les fleurs !
Sur chaque tige humide éclôt une étincelle.

L'oiseau chante l'amour... Connaissez-vous les nids
Et les insectes verts dans un creux de vieux saule?
O charmant souvenir! quand nous étions petits,
Nous nous grimpions, pour voir, l'un l'autre sur l'épaule.

J'ai d'étranges désirs... ainsi qu'en ont les fous!
A présent, je voudrais m'élancer dans l'espace!
Et je songe à la fois que ce doit être doux
De suivre par les blés une fille qui passe.

Un jour, ils étaient deux qui s'en allaient ainsi:
Je les vis, ces heureux, causer sous l'aubépine;
Deux oiseaux, étonnés, près d'eux chantaient aussi...
Peut-être ils sont encor dans la même ravine!

Large effluve d'amour, une immense chanson
Palpite dans les airs au temps des feuilles vertes;
Un souffle d'inconnu ranime le buisson
Et la blanche façade aux fenêtres ouvertes.

Non loin des amoureux, dans les gazons épais,
Comme la ruche à miel bourdonne une famille.
Les garçons querelleurs font la guerre et la paix;
La mère gravement parle à sa brune fille.

Le père, encor plus grave et les yeux vers l'azur,
Conte à son fils aîné les destins de l'histoire,
Et qu'il faut ici-bas, d'un cœur tranquille et sûr,
Combattre pour le droit, et jamais pour la gloire!...

Mais, vain rêveur, poëte, où t'en vas-tu si loin?
Tu te livres entier au rêve qui t'emporte,
Pour revenir plus seul et plus triste en ton coin
Où les vents font trembler ta lampe à demi morte!

Toulon, décembre 1865.

II

SOUVENIR DU 11 JANVIER 1866.

Oh ! le monde est à moi, puisque enfin quelqu'un m'aime!
Figurez-vous ! un soir, plein d'un ennui suprême,
Seul, mais seul malgré moi, malheureux d'être seul,
Désespéré, songeant avec joie au linceul,
Songeant avec frayeur, peut-être avec envie !
Qu'il est des jeunes gens qui se dorent la vie,
Et qu'on peut acheter le rire et le plaisir,
Sans amour, fou d'amour, harassé de souffrir,
Doutant de tout, j'allais tomber dans un abîme !

Morne, je descendais la montagne sublime
Des résignations et des virginités;
Mes ténèbres déjà n'avaient plus de clartés...
Une main, douce, prit la mienne par derrière.
Je tremblai. J'entrevis une vague lumière.
Une voix murmura : « Frère, je suis ta sœur! »

Et mon ciel éclairci s'étoila de bonheur.

Toulon, 29 juin 1866.

III

AIMER-PENSER.

Cœur naïf! j'avais cru pouvoir à tous les yeux
Dévoiler mes douleurs comme en face des cieux,
    Et trouver pour mon âme une âme,
Une seule parmi la foule des humains,
Un inconnu qui vînt me prendre les deux mains,
    Un seul amour d'homme ou de femme!

Pauvre fou! je croyais à la sainte pitié
Qui verse doucement et longtemps l'amitié
Sur les blessures d'un cœur triste,
Et je ne savais pas, — honte! — qu'au lieu de pleurs,
Le monde, gai toujours, donne à toutes douleurs
Un éclat de rire égoïste!

C'est bien; — je garderai pour toi, dont je suis sûr,
Pour toi seule et pour Dieu mon malheur calme et pur
Que salirait la foule avare,
Et grand par ma douleur, et grand par mon orgueil,
Si dans des vers badins je lui cache mon deuil,
Elle me joûra sa fanfare!

Et quand mes chants auront amusé les pervers,
Toujours contents de voir apparaître en des vers
Des inutilités impies,
Je crîrai, me dressant, sage, au-dessus des fous,
La justice en mes mains, et les fustigeant tous
D'un fouet d'ïambe et d'utopies :

« O monstres ! vous avez devant Dieu, devant Dieu !
Devant le firmament auguste,
Dressé vos tréteaux vils et fait un mauvais lieu
De la nature belle et juste !

« Votre société, sous les noirs préjugés,
Penche comme un vaisseau qui sombre ;
Rien de vous ne vivra ! Navire et naufragés,
Vous serez engloutis par l'ombre !

« Ah ! vous vous êtes dit, en votre lâcheté,
Que le mal sur le monde règne ;
Qu'il doit régner toujours ; qu'une fatalité
Veut que toujours un Jésus saigne !

« Ah ! vous traitez encor d'insensés les penseurs,
Les libres rêveurs, les poëtes,
Qui, — lorsque vous croisez vos haines, — âmes sœurs
Gémissent sur ce que vous faites !

« Ah ! vous pourriez trouver dans l'éternelle paix
Une félicité profonde,
Et vous ne voulez pas, et vos esprits épais
Se vautrent dans la nuit immonde !

« Vous célébrez en chœur arlequins et bouffons ;
Vous pensiez que, bête acrobate,
J'avais fait pour mon âme un habit de chiffons ;
Que mon vers était une batte ?

« Eh bien, détrompez-vous : quand j'ai pleuré, méchants,
Contre moi vous tourniez vos armes ;
Lorsqu'ils semblaient rieurs, vous admiriez mes chants,
Ignorant qu'ils étaient des larmes !

« Votre immense mépris, je le compte pour rien,
Pour rien vos paroles amères !
« Je suis plus grand que vous, car je travaille au Bien !
J'ai pitié, moi, de vos misères !

Et je vais seul... j'avance: en ma force j'ai foi;
Je suis l'homme du sacrifice !
Et quand vous serez tous insensés comme moi,
Alors régnera la justice ! »

C'est afin de plus tôt les accabler ainsi
Que je ne veux pas mettre à leur folle merci
Plus longtemps mon âme brisée;
Désormais nul d'entre eux ne saura ma douleur :
A toi je veux livrer ma pensée et mon cœur !...
Ils n'auront, eux, que ma pensée !

Toulon, 13-14 janvier 1866.

IV

Dans les taillis vivants l'insecte se promène;
Oh! la grande herbe verte et le grand bois profond!
Dieu travaille: oubliez ce que les hommes font.
Les oiseaux tout joyeux jasent dans le vieux chêne;
L'air est calme; le ciel resplendit; c'est le jour,
C'est le soleil fécond, le sourire, l'amour.

La terre ténébreuse est un funèbre abîme.
De longs nuages noirs se déroulent là-bas;
La foudre, sans éclairs, jette de sourds éclats.

L'heure sombre est parfois la complice du crime;
C'est le ricanement, le deuil, l'horreur, la nuit!...

Le jour est dans mon cœur, la nuit en mon esprit.

Toulon, 15 avril 1866.

V

Écoute ! si je meurs, je veux mourir en homme !
Je veux mourir couché dans ma sérénité,
Calme et fier, le regard brillant de plaisir, comme
Un travailleur qui cherche un peu d'ombre, l'été.

Je parlerai tout haut, proclamant ma pensée ;
La liberté sera jusqu'à la fin mon Dieu !
Et je ferai rougir cette foule insensée
Qui ne sent pas l'amour épars dans le ciel bleu !

2.

L'homme souvent pâlit devant l'heure suprême ;
Moi, faible, en ce moment je veux devenir fort !
Dans un râle je veux chanter les vers que j'aime ;
Je veux être de ceux que fait vivre leur mort.

Toi, tu me pleureras quelquefois si tu restes !
Mais, pauvre enfant, sans moi s'il te fallait partir,
Si tu m'abandonnais pour tes frères célestes,
Ah ! je ne saurais plus ni vivre,... ni mourir !

Toulon, 21 juin 1866.

VI

A TOI QUI VEUX MOURIR.

Oh ! ne t'envole pas, doux être,
Ma colombe aux plumes d'argent !
Reste : ici-bas tu fais connaître
La joie à mon cœur indigent !

Ne quitte pas, ma tourterelle,
L'arbre où nous vivons tous les deux,
Car moi je ne pourrais sans aile
Suivre ton élan hasardeux.

Je sais bien que la mort est douce
Quand on a contemplé souvent,
Vide, le petit lit de mousse
Qu'en vain berce et berce le vent!

Je sais bien qu'il est monotone
De chanter la même chanson,
De voir l'hiver après l'automne,
La saison après la saison!

Je sais bien que ta vie est noire,
Que ton fardeau devient trop lourd,
Et qu'il est de ton droit de croire
Que tout est dur, même l'amour!

Oui, ma charmante petite âme,
C'est trop souffrir, et trop longtemps;
C'est trop vivre pour une femme:
Les fleurs ne vivent qu'un printemps!

Va, je sais ta souffrance intime,
Jeune femme au cœur soucieux...
Quand tu pleures, humble et sublime,
Tes larmes roulent dans mes yeux.

Mais, vois-tu, j'ai ma tâche morne;
J'ai mon sillon dur à tracer
Dans cette plaine dont la borne
Doit tôt ou tard se dépasser.

Moi, vois-tu, j'ai ma gerbe à faire;
J'ai mes souffrances à souffrir;
J'arrive à peine sur la terre :
Je dois vivre avant de mourir!

Et, tout seul, j'ai peur et je tremble;
Oh! va, mêle ton cœur au mien;
Ne meurs pas, et vivons ensemble
Si tu veux que je vive bien!

Je le sais, je devrais te dire :
« Laisse-moi, mon enfant, adieu !
Assez de pleurs ; il faut sourire,
Et ton sourire est fait pour Dieu ! »

Mais, enfin ! c'est bien difficile
De briser un amour constant,
Et seul, misérable, débile,
De crier au bonheur : « Va-t'en ! ».

Toulon, 21-22 juin 1866.

VII

Il était sans amour; il souffrait en son âme;
Il avait travaillé longtemps. C'était pitié!
Son front, sombre, penchait, jamais homme ni femme
Ne l'ayant éclairé d'un rayon d'amitié.

Tous, rapides, voyant cet air morne et farouche,
Fuyaient. Nul ne savait que c'était un martyr,
Et pourtant, ô douleur! ce mot crispait sa bouche:
« Puisque je ne vis plus, je voudrais bien mourir! »

Toulon, 29 juillet 1866.

VIII

QUATRAIN.

Les rêves des nuits, les songes du jour,
Pour l'homme lassé tout se change en peines :
La moitié du cœur souffre par les haines,
Et l'autre moitié souffre par l'amour !

IX

CHANSON DE BEPPO.

Je n'ai pas connu ma mère,
Et nul ne m'en a rien dit ;
Je n'ai pas connu mon père,
Et j'erre comme un maudit.

Je n'ai ni toit ni famille,
Je suis Beppo le bâtard ;
Jamais une jeune fille
Ne m'a donné son regard !

Pourtant je sens en mon âme
Toutes les saintes ferveurs,
Et les baisers d'une femme
Auraient grandi mes grandeurs.

Mais non! toute porte est close;
Un obstacle est là devant,
Et dans l'homme et dans la chose,
Dans la mer et dans le vent!

Je n'ai ni père ni mère!
Moi pourtant, sans feu ni lieu,
Hommes, je suis votre frère,
Comme je suis fils de Dieu!

X

SOLUS ERIS.

A mon ami Alexandre M.

Tout est fini : la nuit surgit, le malheur règne.
Le toit s'est écroulé sur l'hôte confiant,
Et près du moribond immobile et qui saigne
On passe, le regard distrait ou souriant.

Ainsi ceux qui l'ont vu jadis en sa jeunesse
Donner son temps à tous, et son âme et sa main,
Ceux qui l'ont vu livrer son cœur, seule richesse,
Aux pauvres en amour qu'il trouvait en chemin;

Ainsi ceux qui l'ont vu, prodigue de lui-même,
Naïf et généreux répandre ce trésor,
N'iront pas aujourd'hui lui dire : « Je vous aime, »
Et lui rendre ce qui leur reste de son or !

Soit. — Moi, je vais à lui. Par son nom je le nomme ;
Tranquille, j'accomplis un devoir : me voici !
Et vous, vous qui fuyez la douleur de cet homme,
Puissiez-vous, ô méchants, me laisser seul aussi !

Toulon.

XI

CHARITÉ.

Si vous croyez que j'ai l'âme assez abaissée
Pour porter vos dédains sans me lever un jour
Si vous croyez en moi tuer toute pensée,
Et sous la haine froide engloutir mon amour,

Détrompez-vous! Sans fin je m'élève, je monte!
Pour vous voir par-dessus l'épaule, humiliés,
Moi, je n'ai pas besoin, comme vous, dans la honte,
De me hisser, furtif, sur la pointe des pieds.

Je vais à l'Idéal, dans un élan suprême !
Mais vous êtes si bas, je vous en avertis,
Qu'on ne peut parmi vous rester, bien qu'on vous aime,
Ni, lorsqu'on se fait grand, vous faire moins petits.

Toulon.

XII

Il pleut, nous pleurons,... Vive le soleil!
Nous sommes le ciel, essayons de luire;
Nous sommes enfants, essayons de rire;
Le rire est toujours d'or... ou de vermeil!

D'or ou de vermeil! on se tient les hanches;
On rit bien fort, mais — on a sa douleur!
Hélas! oui, toujours, ma petite sœur,
On rit jaune, même avec des dents blanches!

10 août 1866,

⚜

XIII

Nous sommes deux enfants et nous sommes deux âmes;
Nos cœurs sont enlacés ; nous enlaçons nos mains,
Toi, femme aux pleurs bénis, forte parmi les femmes,
Moi, sérieux, déjà penché sur les humains.

Nous vivons ; nous chantons ; nous faisons notre aumône,
Et nous ne demandons qu'à nous aimer, ma sœur,
Et dans la route où nulle étoile ne rayonne
Nous foulons sous nos pieds les débris du bonheur !

Quoi! si jeunes? si tôt? Oui, les méchants, ma fille,
Ont toujours sur les bons versé leur âcre fiel...
Mais moi qui suis tout seul, seul même en ma famille,
Je croyais avoir droit aux clémences du ciel!

Je croyais avoir droit aux clémences des hommes,
Puisqu'ils ont ici-bas leur libre volonté;
Je pensais que plusieurs, sachant ce que nous sommes,
Nous donneraient un peu d'amour, par charité.

Eh bien, non, tous ont vu notre dure souffrance,
Ils nous ont entendu sangloter et gémir :
Ils ont passé, riant dans leur indifférence,
Ou de notre douleur se faisant un plaisir!

Ta porte s'est fermée, et pour moi s'est rouverte!
Sans cela, pèlerin privé de tout secours,
On m'eût retrouvé mort dans ma route déserte,
Car mon fardeau me pèse, et je marche toujours.

Toi, tu repris la main loyale de ton frère,
Tu vins rendre une joie au pauvre paria;
En échange il t'offrit sa saignante misère,
Et l'espoir sur nos fronts pour un moment brilla.

Aujourd'hui, tout s'éteint. — La noire multitude
Nous insulte et s'en va! Nous, pleins d'un vaste amour,
Nous traversons la nuit, sinistre solitude,
Tristes, mais grands et fiers, et meilleurs chaque jour!

2 septembre 1866.

II

I

L'ANGE ET L'ENFANT.

A M. Franz Grillparzer.

Il lui disait : « Je suis ton frère;
Ne te souvient-il plus des cieux?
Leur doux reflet brille en tes yeux :
Tu n'es pas l'enfant de la terre ! »

Et l'ange souriait et lui tendait les bras;
L'enfant semblait dormir et ne répondait pas.

4

« Déjà les portes éternelles,
Enfant, sont ouvertes pour toi;
Viens ; je te donnerai des ailes :
Tu t'envoleras avec moi !

« Bien souvent tu vois dans ton rêve
Des rubis, des perles, des fleurs ;
Pour ne te laisser que des pleurs,
Ce vain songe trop tôt s'achève. »

Et l'ange souriait et lui tendait les bras;
L'enfant semblait dormir et ne répondait pas.

« Je ne veux pas que tu t'éveilles ;
Blond chérubin, remonte aux cieux ;
Tu retrouveras ces merveilles
Dont le songe éblouit tes yeux.

« Viens; tu courras dans les allées,
Sur le sable d'un grand jardin;
Je te conduirai par la main
Jusques aux voûtes étoilées. »

Et l'ange souriait et lui tendait les bras;
L'enfant semblait dormir et ne répondait pas.

« N'entends-tu pas l'appel des anges?
Va jouer dans le firmament;
Sors de la vie et de ses langes
Dans les plis de mon vêtement!

« Tu verras des fleurs immortelles,
Des diamants dans les ruisseaux,
Des fruits d'or, et de blancs oiseaux
Qui laissent caresser leurs ailes! »

Et l'ange souriait et lui tendait les bras;
L'enfant semblait dormir et ne répondait pas.

« Oh ! que veux-tu que je te donne,
Frère, si tu viens avec moi?
Prends les rayons de ma couronne :
Ces fleurons divins sont à toi.

« Tu ne sais pas que la souffrance
Ici-bas pourrait t'accabler !
Viens, suis-moi : je vais m'envoler...
Pauvre ami, je suis l'Espérance!»

Et l'ange souriait et lui tendait les bras;
L'enfant semblait dormir et ne répondait pas.

« Quoi? tu veux rester sur la terre,
Tout seul, jouet de la douleur?

Et le ciel t'offrait le bonheur !...
Enfant, dans le ciel est ta mère ! »

Et deux anges fuyaient, heureux, loin d'ici-bas ;
Et l'enfant endormi ne se réveilla pas !

Nîmes, mars 1863.

II

LE PARFUM DES PERVENCHES.

—

ENFANTINE.

Bonne Vierge, écoutez ma voix, je vous en prie !
Hier, parmi les bouquets vivants de la prairie,
Je cueillis, en tressant ma guirlande, une fleur
Dont le calice bleu n'exhalait nulle odeur.

« La pervenche, pour nous, dit ma mère chérie,
Est toujours sans parfums célestes, car Marie
Par les anges en fait dérober la senteur,
Et leurs tremblantes mains la portent à son cœur.

« Mais quand l'hiver flétrit les plantes qui frissonnent,
Pour embaumer les cieux les chérubins moissonnent
Les âmes des petits innocents comme toi. »

Vierge, ayant écouté, tout joyeux, ces paroles,
J'ai des fleurs du jardin ravagé les corolles,
Pour que tes messagers n'y trouvent plus que moi!

Nîmes, 1864.

III

A VICTOR HUGO.

Je ne vous connais pas, ô bien-aimé poëte;
Je n'ai pu contempler la fière et noble tête
Où les rayons brûlants et doux du divin feu
Font germer sans effort la semence de Dieu.
Je ne vous connais pas! cependant j'imagine
Si bien votre grand front qu'un éclair illumine;
En votre œuvre, poëte, on peut voir si souvent
Votre visage auguste, éclatant et vivant,

Que si, par un beau jour, perdu dans une foule,
Car nous ne savons pas où le hasard nous roule,
Par un jour envié vous passiez devant moi,
J'irais droit jusqu'à vous pour vous dire : « C'est toi ! »

Nîmes, 1864.

IV

A M. VICTOR DE LAPRADE.

Devant les flots heureux qui baignent les rivages
De la douce Provence où vous passiez un jour,
Vous avez accordé votre lyre, et ces plages
Nous redisent sans fin l'hymne de votre amour !

Au foyer maternel, après un an d'absence,
Libre écolier, j'allais fêter ma liberté;
Sur les bords de la mer, dans toute ma Provence,
J'entendis votre chant par les cœurs répété.

Je vis s'épanouir vos vers pleins d'harmonie :
Je moissonnai ces fleurs, et je partis encor;
J'emportais un écho de la mer infinie;
J'emportais un parfum : j'ai gardé ce trésor.

Ah! puisque vous aimez cette rive fleurie
Où le poëte ému se sent plus près de Dieu;
Puisque vous la chantez et qu'elle est ma patrie,
Que votre âme s'allume à son beau ciel en feu;

Puisque vous désirez vivre, mourir peut-être,
Aux lieux dont votre amour vous a nommé l'enfant,
Poëte, permettez; permettez, ô mon maître,
Que je vienne, exilé, vous parler un instant!

O fils de mon pays, veuillez être mon frère;
Mes yeux, jadis riants, de larmes sont noyés :
Je pleure mon exil en songeant à ma mère,
Et j'apporte mon cœur débordant à vos pieds!

Bien des fois vous avez consolé ma souffrance,
Et je vous ai béni, poëte, bien des fois,
Car vous me ramenez, tressaillant d'espérance,
Au bord de mes flots bleus, au fond de vos grands bois!

Vous donnez pour le ciel des ailes à mon âme;
En chantant la Justice et le Droit, ô penseur,
De mes espoirs éteints vous rallumez la flamme...
L'enfant même a souvent le doute au fond du cœur!

Quand la hache sonore ébranle le vieux chêne,
Je gémis avec vous sur son funeste sort;
Si je songe avec joie à notre vie humaine,
Vous me faites comprendre et célébrer la mort!

Pour toutes mes douleurs vous avez une larme,
Un mot qui me pénètre, un mot harmonieux;
Votre luth murmurant répand un divin charme,
Et le sourire aux pleurs se mêle dans mes yeux!

Le poëte est toujours sensible à la parole
D'un cœur reconnaissant qui lui dit : Oh! merci,
Chanteur, homme sacré dont la voix me console,
Laissez-moi vous aimer et vous le dire aussi.

Laissez-moi vous aimer : vous chantez la Nature;
Des vents dans les forêts vous notez les concerts,
Et vous en traduisez l'ineffable murmure;
Dieu, comme le soleil, resplendit en vos vers!

Laissez-moi vous aimer : de ma chère patrie
Vous avez fait plus doux le nom mélodieux ;
On comprend, aux accents de votre âme attendrie,
Que votre muse, au front étoilé, vient des cieux!

Votre muse est un ange au manteau de lumière,
Un esprit couronné d'éternelles clartés;
Votre Génie, ô fils pieux, c'est votre mère :
Son luth est votre cœur; il vibre, et vous chantez!

Nîmes, janvier 1865.

V

Voici le frais matin, mais tout sommeille encore;
Les arbres sont rêveurs dans l'immobilité,
La nuit trace au fusain des tableaux que l'aurore
Couvrira d'un pastel sublime, la clarté!

Les oiseaux ont encor la tête sous leur aile;
L'insecte, dans la fleur, n'ouvre pas ses rideaux,
Et l'onde dit un chant si timide et si frêle
Qu'on croirait qu'elle a peur dans le lit des ruisseaux.

Le silence est partout. L'infini se recueille;
Les pâles visions meurent avec la nuit,
Et l'homme sous son toit, la bête sous sa feuille,
Éveillés ou dormant, ne font encor nul bruit.

Tout à coup le soleil paraît. L'azur flamboie,
Et la terre au grand ciel jette son cri d'amour...
Ainsi, quand tu surgis à mes yeux pleins de joie,
Délivré de la nuit, je chante un hymne au jour!

La Garde 20 juin 1866.

VI

AQUARELLE.

A V. Courdouan.

L'ombre est lumineuse : à travers les branches
Le bon Dieu sourit et le ciel descend ;
Le vent du matin cueille les fleurs blanches ;
La nature parle et l'âme comprend !

Tout semble pensif : la terre travaille ;
Le bourgeon gonflé boit les feux du jour,
Et le lierre tresse un pan de muraille
Où va, gracieux, se nicher l'amour !

L'insecte s'éveille au sein de la rose,
Dont l'air embaumé fait un doux berceau;
Le divin secret sort de toute chose;
La chanson du nid vole avec l'oiseau;

Et le ruisseau bleu joint à ce mystère
Le bruit éternel et mystérieux,
Le bruit du baiser qu'il donne à la terre,
Qu'il jette aux amants, qu'il envoie aux cieux!

La Crau d'Hyères, 1865.

VII

Le printemps donne à tout la vie et la beauté ;
Chaque tige a sa fleur; chaque fleur est superbe ;
L'azur est souriant. La nature en gaîté
Met des trésors d'amour et de bonheur dans l'herbe !

Dans les arbres, songeurs profonds, germe le fruit ;
La joie est par les airs ; tout est gonflé de séve ;
Et ce jour trouble plus le penseur que la nuit,
Car un plus grand mystère entre dans son grand rêve !

Dieu se laisse entrevoir,... et sur des arbrisseaux,
Êtres souffrants que nul doux parfum ne console,
Une fleur vient d'éclore, un nid de passereaux :
Encore de l'amour au sein d'une corolle !

La Simiane, 21 juin 1866.

VIII

PROMENADE.

Nous qui croyons souffrir, songeons à la souffrance
De ceux qui vivent seuls, sans même une espérance,
Et qui mourront tout seuls;
Regardons les méchants et ceux de qui la vie
N'a d'autre but que d'être à jamais asservie
Aux choses dont la mort fait les vers des linceuls!

Vois les hommes des champs; vois les hommes des villes:
Les combats étrangers ou les guerres civiles
Déchirer leurs esprits;

Jette un profond regard sur l'histoire profonde,
Et devant les forfaits entrevus sous cette onde,
Dis-moi ce que ressent ton pauvre cœur surpris.

Après avoir sondé toutes ces noires choses,
Regarde, là, tout près, les fleurs blanches ou roses
Sourire au grand ciel bleu;
L'arbre étend ses longs bras, lorsque avec toi je passe,
Pour nous bénir, et Dieu rayonne dans l'espace,
Car l'arbre nous connaît et nous connaissons Dieu!

Amie, et délivrés de la ville lointaine
Dont le bruit nous arrive ainsi qu'un bruit de chaîne,
Essuie enfin tes pleurs!
Vois : la brise s'endort; l'eau paisible s'écoule;
Est-il bonheur plus grand que d'oublier la foule,
D'être aimé des oiseaux, et d'être aimé des fleurs?

Toulon, 18-19 janvier 1866.

IX

ΨΥΧΗ.

Pour le Papillon et l'Ame
La Grèce avait un seul nom;
O poëtes! je proclame
Que la Grèce avait raison.

L'Ame et l'insecte ont des ailes
Pour fuir la terre et le mal;
Ces deux Psychés ont en elles
Un introuvable idéal.

Leur inconstance suprême,
Leur course de fleur en fleur,
C'est la constance elle-même
Courant après le bonheur.

Toutes deux n'ont qu'une essence...
Dieu, l'ayant fait de sa main,
Souffla l'âme et l'existence
Au père du genre humain.

Un peu de l'haleine douce,
De l'haleine du Seigneur,
Toucha, dans l'herbe et la mousse,
La corolle d'une fleur.

Or, tout à coup, la corolle
S'est émue, et, vers les cieux,
Palpitante, elle s'envole,
Blanc papillon radieux ;

Car l'Éden parmi les branches
Des profonds pommiers tremblants,
N'ayant que des âmes blanches,
N'eut que des papillons blancs.

Mais, depuis le péché d'Ève,
Dans les clartés de l'éther
Nul papillon ne s'élève
Qu'il n'ait rampé comme un ver.

O mystère! Ève et sa pomme
Rejettent loin du ciel bleu,
Dans la chrysalide et l'homme,
Ψυχή, le souffle de Dieu!

6 septembre 1866.

X

A NOTRE CRI-CRI MORT.

Vraie image du vrai poëte,
Tous les soirs, mon petit grillon,
Tu nous chantais ta chansonnette
Parmi les fleurs de ce balcon.

Tu voulais, pour parler, cette heure
Où l'homme se tait, où Dieu luit,
Car toute voix douce est meilleure
Quand on l'écoute dans la nuit.

J'emprisonnais ta fantaisie
Dans une cage, loin des champs;
Il te restait la Poésie :
Ton bonheur était dans tes chants.

Mais un jour on brisa tes ailes,
Tes ailes où vibrait ta voix
Et pétillaient en étincelles
Tes vives gaîtés d'autrefois !...

Quand il n'a plus de tâche à faire,
Le poëte, vaincu du sort,
Pour l'infini quitte la terre !...
Pauvre Cri-cri ! te voilà mort !

Toulon, 20 juin 1866.

III

I

AMOURS.

De tout temps mes amours furent des songes vagues ;
Je n'ai causé tout bas qu'aux nymphes, dans les bois,
Et, sur le bord des mers, ces sirènes, les vagues,
Me font seules vibrer aux accords de leur voix.

Mon âme est fiancée à l'humble solitude :
Son chaste baiser plaît à mon front sérieux ;
Je connais de profonds ombrages où l'étude
A des charmes plus doux pour l'esprit et les yeux.

Je suis l'amant rêveur des récifs et des grèves,
L'insatiable amant du grand ciel inconnu;
Je ne retrouverai la vierge de mes rêves
Qu'en l'immortel pays d'où mon cœur est venu.

La vertu de l'amour, l'homme en a fait un crime!
Je ne veux pas aimer comme on aime ici-bas,
Et ce cœur, façonné pour un élan sublime,
Tant qu'il pourra monter ne se posera pas!

J'ai pourtant vu passer dans le vol de mes stances
De blanches visions, filles de mon désir,
Mais je n'aime d'amour que mes jeunes croyances:
Espoir dans le printemps, et foi dans l'avenir!

II

LIED.

J'ai dit aux bons vents
Qui heurtent ma porte :
« Bien loin des vivants
Qu'un souffle m'emporte! »

J'ai dit au soleil :
« Idéale flamme,
Astre du réveil,
Aspire mon âme! »

Tout m'a fait défaut,
Vent et feu célestes...
Pour monter là-haut,
Amour, tu me restes!

III

LE PLONGEUR.

—

CHANSON.

Où va ce plongeur sublime,
Intrépide en son travail ?
Il va ravir à l'abîme
Ses perles et son corail.

Où va cet oiseau qui passe
Dans le grand firmament clair?
Je veux plonger dans l'espace
Comme on plonge dans la mer!

Où va l'étoile, ô mõn âme,
Qui file ainsi qu'un éclair?
Je veux plonger dans la flamme
Comme on plonge dans la mer!

Océan, père des mondes,
Rempli d'astres et de jour,
Comme on plonge dans tes ondes
Je veux plonger dans l'amour!

IV

A UNE ARLÉSIENNE.

J'avais de plus d'une fillette
Au charmant costume arlésien,
Provoqué l'œillade coquette,
Cherchant ce que chacun souhaite :
Le grand mal qui fait tant de bien !

Oui, j'avais voulu, le dirai-je
Sans regret? boire un peu d'amour!
L'ennui monotone m'assiége,
Et, las de la paix du collége,
J'aspirais à vivre à mon tour.

Je portais donc au fond de l'âme
Un idéal de la beauté;
Mais toujours devant une femme
Mon espoir tremblait, vaine flamme,
Au vent de la réalité.

Or, j'allais quitter votre ville,
Calme, le cœur froid et l'œil sec,
Riant du sot assez habile
Pour savoir trouver entre mille
Une Arlésienne au profil grec!

Lorsqu'en parcourant une église,
A l'heure où jette son adieu
La clarté du jour indécise,
Moi, pauvre pécheur, ô surprise!
Je vis un prodige de Dieu!

Trop malin pour être d'un ange,
Pour être d'un démon trop doux,
Un regard avec moi s'échange :
C'est le feu d'un soleil étrange,
Et ce rayon partait de vous.

A vos yeux faut-il que l'on donne
Des traits profanes ou divins?
Je ne sais, Vénus ou Madone,
Qui doit tresser votre couronne,
Des Amours ou des Séraphins.

Mais vous fuyez... Moi, je cours vite
Offrir à votre doigt rosé
La pure goutte d'eau bénite :
Il touche ma main; je palpite...
Doigt tentateur! que n'ai-je osé?

Envolez-vous, forme céleste;
Mon cœur ailé vous rejoindra.
Fuyez; votre image me reste,
Et mon amante, je l'atteste
Devant Dieu, vous ressemblera!

Allons! il faut que j'en convienne,
La blonde Grèce à genoux doit
Tomber devant une Arlésienne!...
Jamais Déesse athénienne
Ne valut votre petit doigt!

Arles, 5 juillet 1865.

V

LUMIÈRE.

La lumière, ce fleuve insondable qu'envoie
Le soleil, vaste source, aux mondes, vastes mers,
Prodigue largement la Vie à l'univers,
Et dans le cœur de tous fait ruisseler la joie!

Quel bonheur d'admirer l'air libre qui reluit,
Quand le soleil sublime et charmant nous regarde!
Et s'il pâlit soudain dans la brume hagarde,
Comme dans l'âme aussi naît une étrange nuit!

J'ai toujours éprouvé, moi, pauvre solitaire,
Cette horreur ténébreuse et ce brillant plaisir ;
Et quand le ciel est morne et gris, je cherche à fuir
De mon cœur désolé le funèbre mystère.

Eh bien, je n'ai trouvé, pour remplacer le jour
Et l'éclatant soleil, principe de la vie,
Regard de Dieu tombant sur notre âme asservie,
Que tes yeux : en tes yeux resplendit ton amour !

1865.

VI

LE LONG DE LA RIVIÈRE.

Le Gapeau chantait une chanson folle
De joie et d'amours ;
Son onde tordait sur l'arène molle
Mille et un détours ;

Et moi j'allais, triste, avec l'âme pleine
De papillons noirs ;
J'avais promené du val à la plaine
De vieux désespoirs.

Je songeais à tout ce qui fait de l'ombre :
A la nuit, au sort ;
Je ne voyais plus que du côté sombre
La vie et la mort ;

Et, trouvant enfin ennuyeux de vivre
Comme de mourir,
Regardant le monde ainsi qu'un vieux livre
Qu'on est las d'ouvrir,

Tout me semblait laid, l'ortie et la rose,
L'astre et le flambeau...
Soudain je vous vis : ô métamorphose !
Tout redevint beau.

Vous étiez ensemble une fleur qui brille,
Un souffle embaumé ;
J'étais une autre âme, ô ma jeune fille,
Car j'avais aimé !

Votre pied suivait sur l'arène molle
Mille et un détours,
Et moi j'entonnais une chanson folle
De joie et d'amours !

Septembre 1865.

VII

Le printemps me plaît... J'erre avec délices
Dans les champs joyeux, avec les moineaux :
Je contemple tout : les riches calices,
Les insectes d'or et les foins nouveaux.

Ninetta là-bas relève sa robe,
Et, pour passer l'eau, montre son bas blanc :
Par le sang du Christ! l'homme, roi du globe,
Devant ce pied-là se sent tout tremblant!

Le printemps me plaît... Je dis des folies !
Je suis sérieux, à la fois, et gai.
D'azur et de miel les fleurs sont emplies :
Pour suivre Nina j'ai passé le gué.

Bonjour, Ninetta ! j'éprouve en mon âme,
Dieu me le pardonne ! un trouble connu...
Viens, repasse l'onde en mes bras, ô femme,
Ou livre au ruisseau ton joli pied nu !

Hyères.

VIII

CHANSON DU RIVAGE.

Tra la la la la lère !
Les arbres sont contents,
Les flots dansent, la terre
A tout au plus vingt ans.

La nature palpite
D'une immense gaîté !
Le printemps, ma petite,
Est un flux de clarté.

Or la marée apporte
Toujours, en arrivant,
Une algue, bientôt morte
De soleil ou de vent.

Quand le printemps à l'âme
Porte ainsi les amours,
N'attendons pas, ô femme,
Le reflux des beaux jours !

IV

I

LA JEUNESSE.

A M. L. Laurent-Pichat.

> La jeunesse à l'heure où nous sommes
> Doit rendre l'espérance aux hommes.
>
> L. LAURENT-PICHAT.

Oui, nous sommes les fiers, nous sommes la jeunesse !
Le siècle nous a faits tristes, vaillants et forts ;
Condamnant sans pitié la peur et la faiblesse,
Nous plaignons les vivants sans gémir sur les morts.

S'il tombe de nos yeux quelques vains pleurs de femme,
Nous les laissons couler paisibles ; mais, après,
Meilleurs, nous voulons voir plus haut monter notre âme,
Des larmes à l'espoir, du progrès au progrès !

Nous aimons la justice et la clémence sainte ;
Nous poursuivons le mal plus que le malfaiteur ;
Nous embrassons le pauvre en une ferme étreinte,
Afin qu'il sente un cœur de frère sur son cœur !

Arraché au repos, lancés dans la bataille
Par un pouvoir secret... qui nous importe peu,
Nous vivons ! et chacun de nous lutte, et travaille
A dresser sur l'autel la Liberté, son dieu !

Loin de l'humilité, la doctrine inféconde
Qui fait courber le front à l'auguste Vertu,
C'est pour vivre debout et citoyens du monde,
Que nos pères, martyrs saignants, ont combattu !

Et nous qu'ils ont grandis, au fond des cieux splendides
Nous pouvons, par-dessus les monts de l'horizon
Et par-dessus l'amas des préjugés stupides,
Entrevoir l'éclatant lever de la Raison.

Nos aînés sont tous là, devant nous, sur la route,
Mais l'un d'eux quelquefois s'arrête pour mourir;
Parfois l'un d'entre nous, pâle, chancelle et doute,
Et la foule en révolte est lasse de souffrir!

Alors, vous le savez, vous, soldat jeune encore,
Penseur au chant superbe et mâle travailleur,
Vous dont l'âme rayonne en attendant l'aurore
Qui doit illuminer notre nuit de malheur!

Alors, serf du devoir, confiant dans son âge,
Un volontaire est là qui sort des rangs épais,
Et jette un cri vibrant d'amour et de courage,
Poëte du combat, combattant de la paix!

Toulon, 8 octobre 1866.

II

A UN POËTE DE COMBAT.

Puisque la vérité sublime
Vous embrase d'un saint désir
Et vous pousse à combler l'abîme
Que notre siècle doit franchir;

Puisque le beau nom de justice
Fait resplendir votre drapeau;
Puisque vous tenez pour le vice
Les clous tout prêts et le marteau!

Puisque vous rêvez pour la ville
La mort des préjugés railleurs;
Puisque le héros qu'on exile
A lu votre amour dans vos pleurs;

Puisque vous avez l'espérance
D'admirer un nouveau soleil
Qui ressuscite notre France,
Ou l'illumine à son réveil;

Acceptez mon salut de frère,
Car je veux vous suivre au combat,
Et porter aussi la bannière
Qu'en vain la tyrannie abat.

Mes aînés, vous jouez un rôle
Aussi grand que je suis petit,
Mais sur la vôtre ma parole
S'aiguise, et le temps me grandit.

Hier j'ai dit : salut ! au poëte
Qui nous guide vers l'avenir,
Et fait marcher à notre tête
Sa pure gloire de martyr.

Aujourd'hui : salut ! aux apôtres
Qui vont prêchant la liberté,
Tombant les uns après les autres,
Seuls prêtres de la charité !

Salut ! j'ai voulu vous connaître,
Et vous dévoiler mon amour,
Mes frères, car bientôt peut-être
Je vais me lever à mon tour.

Oh ! puissé-je, dans la bataille
Que j'engagerai dès demain,
Grandir assez ma courte taille
Pour presser vos mains dans ma main !

Nîmes, mai 1865.

III

LE BAS.

A Madame A. T.

Joanne a six ans. Hier c'était un ange encore;
Ce n'est plus qu'une enfant d'Ève. Le ciel colore
Pourtant de son regard son regard caressant,
Car Dieu regarde face à face l'innocent;
Elle est pauvre, elle est gaie, à la fois rose et blanche.
Elle a les mouvements de l'oiseau sur la branche,

Et sa voix est un chant éternel. A la voir,
Le plus désespéré d'un pur rayon d'espoir
Sentirait resplendir son âme, comme brille
La mer sous le soleil. Cette petite fille
Hier avait tout de l'ange et rien de l'être humain;
Aujourd'hui le travail vient d'étreindre sa main,
Car aujourd'hui c'est tout de bon qu'elle travaille!
Elle a l'air grave, l'air attentif; maille à maille,
Le fin tissu d'un bas s'allonge sous son doigt,
Et le poëte dit, triste de ce qu'il voit:
« Riche, une fille joue à vêtir sa poupée;
A couvrir ses pieds nus, pauvre, elle est occupée! »

Oh! que de peine prit l'aïeule aux cheveux blancs
Pour la mettre au labeur! Entre ses doigts tremblants
Elle tenait les mains inhabiles. La vieille
Tricotait lentement, une aiguille à l'oreille,
Et dans ce long travail monotone du bas,
Joanne pressentait notre vie ici-bas!

Humble tricot du pauvre, ô poëme de femme!
Sympathique témoin des douleurs de son âme!

Regardez un instant la bonne femme : elle a
Vécu quatre-vingts ans, telle que la voilà!
Allant dans la forêt glaner le bois qui tombe,
Filant, faisant la soupe ou tricotant. La tombe
Doit la prendre au travail, et la fillette aussi.
L'existence du pauvre et sa mort sont ainsi.
Les hommes vont pieds nus, mais la femme tricote,
Toujours, pour son mari, pour ses enfants. Elle ôte
De sa bouche le pain pour eux. Elle voudrait
Leur masure avec plus de bien-être, et mourrait
Heureuse, s'ils marchaient un jour sur cette terre
Sans déchirer leurs pieds... O richesse!

O misère!

Hélas! pendant ce temps, dans les grandes cités
La vapeur jette un cri rauque de tous côtés,

Prend soie et cotons blancs, saisit d'épaisses laines,
Recueillis à grands frais sur des plages lointaines,
Et, travaillant avec son long cri douloureux,
Vend des bas de fabrique aux riches paresseux !

Toulon, août 1865.

IV

SAUTS PÉRILLEUX.

A l'Auteur des Misérables.

C'était un saltimbanque leste !
Sa vie était un carnaval ;
Son costume d'un bleu céleste
Scintillait d'astres en métal.

Il avait le poing sur la hanche.
Sa Colombine, verte et blanche,
L'admirait d'un air orgueilleux ;
Mais sa paupière était baissée,

Et l'on eût dit qu'une pensée
Germait en larmes dans ses yeux!

Jamais, dans les plus grandes fêtes,
Bouffon ne s'éleva si haut;
Il faisait se dresser les têtes
Vers le ciel, à son moindre saut!

Sur sa joue amaigrie et blême,
Sous son rire blafard qu'on aime,
Sauvage, perçait la douleur;
Il contenait dans sa poitrine
Toute une tristesse divine :
Il souffrait, lui, le bateleur!

Allons! le spectateur trépigne!
Allons! gai pantin, en avant!
Et si tu veux manger, sois digne
De ton voisin le chien savant!

Ah ! si l'on connaissait les causes !
Si l'on pouvait de toutes choses
Voir le fond à travers la nuit !
Savons-nous où plane ton âme ?
Sur ces tremplins où l'on t'acclame,
Savons-nous ce qui t'a conduit ?

Bah ! qu'importe à la multitude ?
Fais-la rire, même en pleurant ;
Dans une grotesque attitude,
C'est drôle un visage navrant !

Il vient, il bondit, il s'enlève !
Sa douleur, à lui, n'est qu'un rêve !
Plus que jamais leste et hardi,
Du haut de sa corde tendue
Feignant une chute éperdue,
Le saltimbanque est applaudi !

Comme il roule à travers l'espace !
Comme il est gracieux et fort !...
Mais tout à coup la corde casse,
Et l'on relève un homme mort.

Toulon, 8 juillet 1866.

V

Que voulez-vous que je vous dise ?
Cela vous coûterait bien peu,
De délaisser enfin l'Église
Et de vous rapprocher de Dieu.

Vous écrasez les grandes choses
Sous un niveau matériel,
Sans baisser les yeux vers les roses,
Sans les élever jusqu'au ciel !

Vous inventez des saintes vierges,
Tout en marchant dans l'impudeur ;
Vous portez à la main des cierges,
Et la nuit noire au fond du cœur.

Si vous le vouliez bien, mes frères,
Ancrés dans la félicité,
Vous abdiqueriez vos colères
Pour la simple fraternité !

L'Humanité, blanche et nouvelle,
Dresserait un front triomphant...
Sous l'azur, clémence éternelle,
Nul ne gronderait un enfant !

Les enfants auraient tous des mères ;
Ils pourraient se chérir entre eux,
Sans se mêler à des misères,
Sans ternir le ciel de leurs yeux !

Les enfants feraient leur murmure
Comme les oiseaux et les vents;
La mystérieuse Nature
Serait comprise des vivants.

Je vous le dis; moi, je vous aime,
Frères, je voudrais vous voir tous
Debout dans un amour suprême,
Jamais humbles, mais bons et doux!

Non! l'homme rampe dans la fange,
Lui qui pourrait, juste et béni,
Entr'ouvrir ses deux ailes d'ange,
Et s'élancer dans l'infini!

Toulon, 5 mai 1866.

VI

A LAMARTINE.

Le temps heureux n'est plus où rayonnait la Grèce,
Où Périclès vivait, étoile du plein jour !
Où les peuples, ardents de force et de jeunesse,
Voyant un Dieu partout, sentaient partout l'amour !

Le temps, le temps est mort des couronnes civiques,
Où l'on n'oubliait plus le poëte vainqueur !
Il est bien mort, ce temps des vieilles républiques
Qui payaient largement les cœurs avec le cœur !

L'orgie en ses festins n'a même plus de roses !
Les âmes sont de cire, et les fleurs de métal ;
Des dieux et de l'amour il nous reste deux choses :
La pâle indifférence et le désir brutal !

Les jeunes d'aujourd'hui vaudraient-ils ceux d'Athènes ?
Eux qu'on voit, dédaigneux du juste en cheveux blancs,
Récolter ces moissons hâtives de leurs graines :
Des nouveau-nés déjà blêmes et tout tremblants !

D'autres l'ont dit : plus rien ne bat dans les poitrines !
Et s'il est quelque part, triste, sur les sommets,
Un héros de jadis, meurtri de nos ruines,
Et tel que notre temps n'en verra plus jamais !

S'il reste un grand poëte et s'il reste un grand homme,
O miracle ! si grand qu'en un dernier effort,
La foule, par hasard, s'en souvienne et le nomme,
Un dormeur, réveillé, l'insulte, et se rendort !

Ah ! comme il faut vouloir, pour garder l'espérance !...
Père, des bruits confus sont venus jusqu'à moi ;
On a cru t'émouvoir et troubler ton silence,
Mais, te sachant trop haut, j'ai répondu pour toi.

Paris, 25 avril 1867.

VII

MISÈRE ET SOLEIL.

A M. L. Laurent-Pichat.

Êtes-vous quelquefois, rêveur, passé devant
Des baraques de bois qui craquaient à tout vent ?
Il faisait froid et chaud. C'était quelque dimanche ;
Un être maigre et laid sautait sur une planche ;
Il riait. Il était revêtu d'un lambeau.
Homme ou femme, il sautait. Beaucoup le trouvaient beau,
Et beaucoup admiraient ses paillettes de cuivre,
Sans songer qu'il riait de la sorte pour vivre.
Et si vous avez vu, dites, qu'aimez-vous mieux
Du saltimbanque triste ou du public joyeux ?

Avez-vous traversé jamais de vieilles rues ?
Les femmes, en haillons, sur vos pas accourues,
Deux enfants sur les bras, vous ont-elles montré
Leur misère vivante, et là, le cœur navré,
Insulté des petits, heurté de quelque homme ivre,
Effrayé de la mort, pris du dégoût de vivre,
N'avez-vous pas songé : « D'où vient que le ciel bleu
Brille sans s'émouvoir et sans trahir un Dieu ? »
Pour moi j'ai contemplé ces choses. Par la ville
J'erre souvent. Je plains notre humanité vile,
Et je répète en moi que si l'homme ici-bas
N'est pas heureux, c'est que son prochain ne veut pas.
Le riche est lâche. Il faut qu'on jeûne quand il mange !
Et je contemple alors le ciel,... et c'est étrange !

Or, hier, j'ai voulu fuir l'homme et marcher vers Dieu ;
J'ai pris la mer. Le vent chantait sous l'azur bleu,
Et je songeais qu'il faut que tout esprit travaille
A livrer au malheur la dernière bataille ;
Et je fuyais toujours loin de terre, croyant

Trouver un peu de paix sous l'espace brillant.
Mais je vis des forçats qui ramaient sous la chaîne;
Des matelots grimpaient dans les mâts avec peine;
Un vieux pêcheur tendait vainement l'hameçon,
Et soudain j'entendis un grand bruit. Le canon
Tonnait, et cette poudre avait coûté des sommes
Plus fortes qu'il ne faut pour nourrir bien des hommes.
Les Léviathans noirs étaient prêts aux combats.
Sur ces monstres de fer hurlait le branle-bas...
Alors je détournai les yeux vers la campagne :
La Guerre, un fort debout sur la haute montagne,
Disait: « C'est moi qui suis le maître tout-puissant:
Je veux vivre! je veux des larmes et du sang! »
Sombre, je me penchai pour voir au fond de l'onde:
C'était confus. Pourtant j'entrevis tout un monde,
Tout un monde hideux qui roulait vaguement
Sous les flots, et des yeux terribles, par moment
Me lançaient comme un dard leur clarté surhumaine;
D'horreur et de pitié ma jeune âme était pleine,
Et je m'enfuis. Le vent chantait sous l'azur bleu...

Je gagnai la cité des morts pour chercher Dieu !
Les cyprès pleuraient seuls, quand j'entrai, sur les fosses;
D'ailleurs, partout la joie ou bien des larmes fausses ;
Les moineaux francs, nombreux, chantaient devant la mort;
J'étais calme ; j'étais tout tranquille d'abord.
On portait un enfant qu'on jeta dans la terre,
Et les suivants riaient devant le grand mystère.
Ce rire me navra. Là, des tombeaux ouverts
Attendaient leurs cercueils pour être recouverts,
Et sur d'autres, ici, poussaient de folles herbes ;
D'autres étaient chargés de sculptures superbes...
Ma tristesse grandit, car la société
Étalait encor là toute sa vanité !
Et devant ce néant et ces bouffonneries,
Ces festons de papier et ces verroteries,
Indigné, je criai, niant toute vertu :
« Impassible Soleil, pour qui resplendis-tu,
Et que fais-tu là-haut à regarder la Terre ? »

Et j'entendis les morts me répondre : « Il espère ! »

VIII

ΑΣΘΜΑ.

A mon père Jean AICARD

Mort le 16 mai 1853.

Ne pourrai-je saisir un espoir qui m'apaise,
Ni voir luire la foi dans la clarté du jour,
Dis, ô joyeux soleil dont le rayon me baise?
Réponds, toi que je sens dans la lumière,— Amour?

Je ne sais si je crois en Dieu! L'azur me pèse.
Je voudrais d'un élan crever ce plafond lourd;
Depuis longtemps je marche, et la route est mauvaise;
Ma fatigue en vain jette un appel au ciel sourd.

Pourtant je veux donner à quelqu'un ma prière!...
Les ailes de mon cœur me soulèvent de terre,
Sans trouver aucun but à leurs brûlants efforts;

Mais, aux vagues désirs quand mon être se livre,
Je ne puis m'affirmer qu'on puisse ne plus vivre,
Et l'Aspiration m'emporte vers les morts!

Toulon, 1866.

IX

L'HISTORIEN.

> O Révolution, ma mère, que vous étiez lente à venir!
>
> MICHELET.

Parfois l'historien qui sonde
Les grands règnes évanouis,
Ou sur les horizons du monde
Fixe ses regards éblouis,

Voyant dans quelle nuit profonde
Les esprits dormaient enfouis ;
Et quelle tempête féconde
Les fit surgir épanouis,

Cet homme enthousiaste pleure !
Superbe, impatient de l'heure
Où l'ignorance doit périr,

Il crie en sa sainte colère :
« O Révolution, ma mère,
Que vous étiez lente à venir ! »

Toulon, 1866.

X

SAMSON.

A M. Charles Alexandre.

Tu dors content, Voltaire, et de ton fin sourire
L'ironique reflet parmi nous est resté;
Le siècle t'a compris; la jeunesse t'admire:
Toi, tu sommeilles, calme, et dans ta majesté.

L'édifice pesant que tu voulais détruire,
Debout, menace encor l'aveugle Humanité,
Et, radieux défi, l'éclair de ta satire
De la nuit qui l'entoure est la seule clarté.

Nous t'aimons, ô vieillard : ta colère était sainte !
Nous, nous embrasserons dans une immense étreinte
Les colonnes du temple où règnent les faux dieux...

Les Philistins mourront sous les ruines sombres,
Mais Samson, cette fois, surgira des décombres,
Avec la Liberté vivante dans ses yeux !

Toulon, 10 novembre 1866.

XI

VISITE A L'ARSENAL DE TOULON.

La forge retentit de longs fracas d'enclume;
Tout hurle, tout gémit, et, dans l'antre infernal,
Sous le soufflet robuste un noir brasier qui fume
Est le naissant foyer du splendide idéal.

La machine à vapeur, rauque, siffle et s'allume;
L'ouvrier sans repos veille dans l'arsenal...
Hors d'ici ! vain poëte, ou jette au loin ta plume;
La Science, sans toi, doit triompher du Mal !

« Non! j'ai ma mission, car j'ai mon Évangile!
Si vous êtes l'airain, je ne suis pas l'argile;
Je me sens frère aussi des puissants inventeurs!

« Eux seuls ils sont vraiment les citoyens du monde,
Mais vous laissez leurs noms dans une ombre profonde,
Et moi je les ferai briller dans tous les cœurs! »

Toulon, 1866.

XII

CINCINNATUS.

Hommage aux ouvriers de Bandol.

Les temps sont accomplis. L'aube sereine dore,
A l'horizon lointain, les paisibles sommets,
Et la terrible nuit qui nous oppresse encore
Doit insensiblement disparaître à jamais !

La Science a creusé les plus profonds secrets ;
L'ignorance d'esprit et de cœur s'évapore,
Et le monde bientôt, de progrès en progrès,
Ne verra dans son ciel qu'une éternelle aurore !

Tous les hommes seront frères, et tous égaux ;
Ils vivront sous l'azur, bons, paisibles et beaux,
N'ayant plus de mortel que l'enveloppe d'homme ;

Ni valets, ni seigneurs ! tous seront artisans !
Et les meilleurs d'entre eux se feront paysans,
Comme Cincinnatus,... le plus grand fils de Rome !

Bandol, 27 décembre 1866.

XIII

DEUX ATHÉES.

L'un dit que nier Dieu, c'est ne plus croire en rien..
Cet homme ne sait pas sanctifier le doute,
Et, lâchement, il a du Mal suivi la route,
Car c'est un sentier rude et serré que le Bien !

Du moins, humble pécheur, le timide chrétien
Brave les châtiments d'un maître qu'il redoute ;
Mais lui, ne reconnaît, sous l'éternelle voûte,
Nul pouvoir assez grand pour planer sur le sien !

Maudit soit son orgueil sans fierté ni justice !
N'ayant pas peur du juge, il marche dans le vice,
En étalant sa honte en face du ciel bleu !...

L'autre, pâle et saignant, meurtri par la souffrance,
S'est écrié soudain, debout dans l'espérance :
« Quand l'Homme le voudra, c'est lui qui sera Dieu ! »

Toulon, 1866.

XIV

SOLIDARITÉ.

A M. A. A.

J'ai ceint mes reins, j'ai pris le bâton voyageur,
Car mon âme souvent n'est qu'une plaie ouverte!
Et je vais, demandant sans trêve un air meilleur,
En tous lieux où l'on trouve une route déserte.

Or, hier, j'ai gravi l'escarpement d'un mont:
J'escaladais les pics par des sentiers de chèvre;
Une étrange frayeur faisait pâlir mon front,
Quand la nue, en passant, frémissait sur ma lèvre.

Là, dans les rochers gris, immuable comme eux,
S'élève le sapin rêveur auprès du chêne;
Les souffles ennemis passent dans ses cheveux,
Même sans émouvoir sa force souveraine.

Sur ces pures hauteurs règne l'éternité;
L'horreur religieuse habite cette cime,
Et, qu'on ait devant soi la nuit ou la clarté,
C'est toujours l'infini béant, toujours l'abîme!

J'ai promené mes yeux sur les grands horizons;
C'étaient des monts houleux, c'était la mer immense,
Et j'aperçus à peine un groupe de maisons...
Mon âme alors se prit à pleurer en silence!

Mon âme alors se prit à pleurer les vivants
Qui sont si peu de chose au sommet des montagnes!
Que trouble le vertige, et qui tremblent aux vents
Plus que l'épi de blé par les blondes campagnes!

Mais, dans un creux de roche, une bête à bon Dieu,
Confiante, courait sous l'herbe fraîche et douce,
Et je compris que même en ce farouche lieu
Vivent, sans nul effroi, l'insecte et l'humble mousse!

Et tout à coup j'ai vu, comme je vois le jour,
Des yeux de mon esprit, la Clémence éternelle,
Et j'ai pu pénétrer l'universel Amour,
Ainsi que l'aigle monte aux cieux, d'un seul coup d'aile!

Comme par un miracle auguste, j'ai senti,
Distinctement, ma vie éparse en la nature;
C'est un songe puissant qui ne m'a pas menti :
Je suis ombre! je suis soleil! je suis murmure!

Je me sens palpiter sous l'haleine du vent!
Je suis le chêne vert! je suis la jeune séve!
Je suis l'Homme! je suis le suprême Vivant!
Dans tous les vols mon âme au vol ardent s'élève!

O feu du ciel tombé dans le sein des cailloux,
Pistils des fleurs, parfums sacrés de la bruyère,
Je me sens frissonner d'extase comme vous
Aux baisers virginaux de la blanche lumière !

J'aime, je vis ! La Mort est morte ; elle n'est rien !
Allez, vous dont la foi débile s'est éteinte,
Vous tous qui poursuivez le bonheur et le bien,
Respirer sur les monts la Fraternité sainte !

Toulon, février 1867.

XV

LA MER.

A M. J. Michelet.

Concert prodigieux des ondes et des pierres !
Long retentissement des flots sur les galets !
Majesté de la mer débordant de lumières !
Fourmillement profond d'ombres et de reflets !

La mer, suprême tombe, est la source suprême ;
Plongez dans ce soleil, vous trouverez la nuit,
Mais la mort s'y fait vie, et dans cette ombre même
Un monde se recueille et travaille sans bruit.

Là, les plus petits font l'œuvre la plus sublime;
Unis et patients, ils montent vers le jour,
Et bientôt ce labeur qu'emprisonnait l'abîme
Le firmament joyeux l'embrasse avec amour!

Parfois l'homme ainsi voit surgir quelque île immense,
Puis d'autres s'écrouler dans le gouffre écumant;
Mais la puissante mer, sans repos, recommence
Les travaux éternels de son enfantement.

La mer, la grande mer est semblable à l'Histoire:
Toutes deux ont leurs nuits sans fond et leurs clartés
Au-dessous des splendeurs des rois et de la gloire,
Les peuples ténébreux forgent leurs libertés.

Et quand des ouragans s'apaise l'harmonie,
L'horizon vaporeux, lassé de se ternir,
Nous montre, dans la mer au firmament unie,
L'Humanité mêlée à Dieu, dans l'avenir.

Toulon, 15 octobre 1866.

XVI

LIBERTÉ, ÉGALITÉ, FRATERNITÉ.

A mon ami Michel Reynaud.

Tout homme est prêtre.

Quand nous saurons bien tous que nous sommes des frères,
Quand l'amour coulera dans le sang de nos cœurs;
Debout sur les engins des haines et des guerres,
Quand vainqueurs et vaincus s'embrasseront, vainqueurs;

Quand, reniant le trône, un roi dira : « J'abdique !
J'abdique les hauteurs... je dois régner d'en bas! »
Quand on aura compris la sainte République,
Quand les peuples n'auront ni prêtres ni soldats!

Quand on ne verra plus sous les splendeurs célestes
Le théâtre forain, l'auberge aux toits branlants ;
Quand les forts et les grands n'auront plus sur leurs vestes
Les tatouages d'or des bouffons ambulants !

Quand l'homme bénira Dieu, créateur des mondes,
Ou dira : « Je ne puis monter jusqu'à la foi !
O Dieu qui t'es voilé de ténèbres profondes,
Laisse-moi seul ! je vais, sans plus songer à toi ! »

Quand les foules, bien haut par l'Esprit emportées,
Jetteront dans l'oubli l'inutile douleur,
Quand douteurs et croyants, et sublimes athées
Éclairciront les nuits de l'esprit par le cœur !

Quand la science et l'art par leurs portes divines
Montreront l'inconnu : la Vie ou le Néant !
Quand tous les cœurs auront dans toutes les poitrines
La régularité des flux de l'Océan !

Quand nous marcherons tous dans la même pensée,
Cherchant un seul but, même en des chemins divers;
Quand vers ce but sera sans relâche fixée
Toute la volonté ferme de l'Univers!

Alors viendra la Paix, la grande Nourricière!
Alors plus de patrie! un seul peuple de dieux!
L'Égalité luira vivante sur la terre!
La Liberté vivra splendide sous les cieux!

Toulon, 20 septembre 1866.

XVII

EXIL.

A M. Ernest Morin.

J'ai besoin de silence... oh ! ne me parlez pas !
J'écoute au fond de moi le murmure d'un rêve,
Et j'entrevois au loin, sous les vapeurs, là-bas,
La Provence éclatante et chaude qui s'élève !

Un souffle amer, pesant, me traverse le cœur...
Est-ce toi, folle brise ou mistral des collines ?
Est-ce vous dont le vol a pris tant de lenteur,
Parce qu'il s'est chargé des essences marines ?

Souffle étrange ! parfum qui trouble ! souvenir !
Toujours et malgré tout tu pénètres mon âme,
Et tu me fais chanter, et tu me fais souffrir,
Souvenir ! nom cruel, doux comme un nom de femme !

J'ai tout quitté ! ma sœur, mes flots et mon soleil !
J'ai quitté la nature ardente de Provence,
Quitté mon fier pays ignorant du sommeil,
Qui moissonne sans trêve et sans trêve ensemence !

Tu ne me tendras plus, ma sœur, tes douces mains ;
Je suis seul maintenant ! je vais tête baissée,
Et je saigne de voir le peuple des humains
Oublier les hauteurs calmes de la Pensée.

C'est fini. Je suis là, morne. J'ai tout quitté !
J'ai fui ! Je suis parti sans regarder derrière !...
Elle n'est plus à moi, la bleue immensité
Tressaillant de bonheur, d'amour et de lumière !

Je ne vais plus, le front tout pensif, dans les bois,
Respirer le printemps amoureux et sauvage !
Je ne suis plus l'amant si joyeux autrefois
Des vagues aux yeux bleus qui chantent sur la plage !

Ah ! que je vous aimais, magnifiques sommets !
Pins et chênes mouvants, collines virginales,
Cimes de la Provence, ah ! que je vous aimais !
Vous qui montez au ciel mieux que les cathédrales !

Pics de Coudon, Faron, grands rêveurs soucieux,
Comme vous tentez bien l'escalade suprême !
Comme vous heurtez bien votre colère aux cieux !
Révoltés au cœur chaste et ferme, vous que j'aime !

O Provence, aujourd'hui je parle et chante ainsi !
Et, lorsque je t'avais, c'étaient d'autres contrées
Que mon âme en pleurant se rappelait aussi,
Et qu'aussi je nommais sublimes et sacrées !

Oui, par-delà les monts et par-dessus l'azur,
Plus loin que le nuage et plus haut que les astres,
Je sais confusément un pays jeune et pur,
Un pays affranchi du mal et des désastres !

Là, l'Amour fraternel est de tous bien connu !
Là, tout arbre a des fruits et chaque enfant sa mère ;
On ne voit pas un homme errant, débile et nu,
Manger le froment dur de la pâle misère !

C'est le pays où luit la bonne Volonté !...
Ah ! mon cœur de vingt ans, comme vous battez vite
Au nom de la patrie et de la vérité !...
Tel, au bord de son nid, l'aiglon tremble et palpite !

Eh bien ! un peu de temps, un peu de temps encor,
O splendide pays des âmes immortelles,
Et je pourrai vers toi prendre enfin mon essor,
Quand la mâle Vertu m'aura donné des ailes !

Paris, 7 avril 1867.

XVIII

J'ai, toute cette nuit, ferme et tête baissée,
Écrit, rêvé,... c'est bien, et je vais m'endormir;
Je suis content de moi! La nuit s'est effacée :
C'est l'aurore; mes yeux voient ma lampe pâlir.

Puissé-je ainsi, penché sur l'existence sombre,
Travailler, travailler tant que je serai fort,
Et puis, heureux, lassé de la vie et de l'ombre,
Voir naître longuement l'Aurore de la mort!

Toulon, 21-22 juin 1866.

TABLE

—

I

I. — Vere novo. 5
II. — Souvenir du 11 janvier 1866. 8
III. — Aimer-Penser. 10
IV. — *Dans les taillis vivants*. 15
V. — *Écoute! si je meurs*.. 17
VI. — A toi qui veux mourir. 19
VII. — *Il était sans amour*. 23
VIII. — Quatrain. 24
IX. — Chanson de Beppo. 25
X. — Solus eris. 27
XI. — Charité. 29
XII. — *Il pleut, nous pleurons*. 31
XIII. — *Nous sommes deux enfants*. 32

II

I. — L'ange et l'enfant. 37
II. — Le parfum des pervenches. 42
III. — A Victor Hugo.. 44
IV. — A Victor de Laprade. 46
V. — *Voici le frais matin*.. 50
VI. — Aquarelle. 52
VII. — *Le printemps donne à tout la vie*. 54
VIII. — Promenade. 55
IX. — Ψυχή. 58
X. — A notre cri-cri mort. 61

III

I. — Amours. 65
II. — Lied. 67
III. — Le plongeur. 69
IV. — A une Arlésienne. 71
V. — Lumière. 75
VI. — Le long de la rivière. 77
VII. — *Le printemps me plaît*. 80
VIII. — Chanson du rivage. 82

IV

I. — La jeunesse 87
II. — A un poëte de combat 90
III. — Le bas 93
IV. — Sauts périlleux 97
V. — *Que voulez-vous que je vous dise?* . . . 101
VI. — A Lamartine 104
VII. — Misère et soleil 107
VIII. — Ασθμα 111
IX. — L'historien 113
X. — Samson 115
XI. — Visite à l'Arsenal de Toulon 117
XII. — Cincinnatus 119
XIII. — Deux athées 121
XIV. — Solidarité 123
XV. — La mer 127
XVI. — Liberté, Égalité, Fraternité 129
XVII. — Exil 132
XVIII. — *J'ai, toute cette nuit, ferme et tête baissée* . . 136

Achevé d'imprimer

LE DIX MAI MIL HUIT CENT SOIXANTE-SEPT

PAR D. JOUAUST

POUR ALPHONSE LEMERRE, LIBRAIRE

A PARIS

www.ingramcontent.com/pod-product-compliance
Lightning Source LLC
LaVergne TN
LVHW020317230826
846091LV00003B/711